U0133114

营养美味系列

品质生活工作室 编

养胃菜

100

中国画报 出版社

目 录 *Contents*

番茄荸荠

原　料：罐头荸荠500克，番茄酱20克，面粉100克，干湿淀粉各50克，植物油、黄酒、白糖、醋、酱油、精盐、味精各适量。

制　作：

① 把面粉、干淀粉、精盐、味精、少许清水放在大碗中调成糊。

② 净锅上火，加植物油烧至五成热，放入挂糊荸荠，炸成金黄色，捞出沥油。

③ 原锅留底油少许，加入番茄酱煸炒几下，烹入黄酒，加白糖、酱油、精盐、味精及醋，用湿淀粉勾芡，浇热油少许，加入炸好的荸荠快速翻炒，等荸荠挂匀汁后装盘即可。

功　效：健胃消食，生津止渴。

爱心叮咛

● 此菜品对慢性胃炎、慢性气管炎有辅助疗效。

● 西红柿中含有多种有机酸，能维持胃液的正常分泌，帮助消化吸收蛋白质和脂肪，促进红细胞的形成，有利于保持血管壁的弹性。

糖烧白菜

原　料：白菜500克、白糖、精盐、干红
　　　　辣椒、榨菜、葱花、姜丝、味
　　　　精、植物油、香油各适量。

制　作：

① 将白菜切成条，注意使菜的根
　　部、菜帮和菜心连在一起，不要
　　断开。

② 将榨菜、干红辣椒切成细丝。

③ 净锅上火，加植物油烧至五成
　　热，放入白菜条炸透，捞出。

④ 锅内留底油，烧热后放入干红辣
　　椒丝、榨菜丝、葱花、姜丝煸
　　炒，加入调料和白菜条，小火烧
　　至汁浓菜烂，放入味精，淋上香
　　油即可。

功　效：健胃消食，强健身体。

爱心叮咛

● 白菜性平，味甘。有清热解毒、消肿止痛、调和肠胃、通利大小便等功效。可治
　肺热咳嗽、便秘，消食下气。

烩白菜三丁

原　料：嫩白菜帮250克，水发香菇100克，猪肉50克，植物油、鸡蛋清、酱油、香油、葱花、姜片、精盐、味精、湿淀粉、鲜汤各适量。

制　作：

① 将洗净的白菜帮、猪肉、香菇均切成丁。

② 将猪肉丁用精盐、鸡蛋清、湿淀粉浆好，用热油滑透，捞出。

③ 香菇丁在开水锅里焯一下。

④ 炒锅上火，加植物油烧热，下葱花、姜片炝锅，放入白菜丁爆炒到七成熟，倒出。

⑤ 锅内加鲜汤烧开，放入香菇丁、白菜丁、猪肉丁，加精盐、酱油、味精，煮沸后稍烩片刻，用湿淀粉勾芡，淋上香油即可。

功　效：清热解毒，健脾养胃，益智安神，防癌抗癌。

爱心叮咛

● 此菜对病后体虚、慢性胃炎、胃下垂及胃肠癌有辅助疗效。

● 白菜中的钼能抑制人体对亚硝胺的吸收和合成，起到抗癌作用，能预防食管癌和肝癌。其中的硒能保护细胞膜，可以将致癌物质排出体外，从而提高人体免疫功能，起到防癌作用。

荸荠大黄鱼片

原　料：大黄鱼肉400克，荸荠50克，银耳25克，葱花、姜丝、料酒、香糟、鸡蛋清、精盐、味精、白糖、鸡清汤、湿淀粉、植物油各适量。

制　作：

① 荸荠去皮，切片。银耳泡发洗净，撕成小朵。

② 料酒、精盐、鸡蛋清、湿淀粉调成蛋糊。

③ 鱼肉切片后拖上蛋糊，放入油锅划散，捞出。

④ 锅内留少许油，下葱、姜煸香，放入鱼片、银耳、荸荠片略炒，加料酒、香糟、精盐、味精、白糖、鸡清汤、湿淀粉，炒至汁浓即可。

功　效：益气开胃，消炎杀虫。

爱心叮咛

● 此菜适宜于辅助治疗消化不良、疲劳乏力，以及葡萄球菌、大肠杆菌、痢疾杆菌等引起的肠胃炎等。

● 黄鱼性温，味甘，具有滋补填精、开胃益气的功效。对虚劳不足、食欲不振、便著等症具有一定疗效。

蒜薹烧小黄鱼

原 料：蒜薹200克，小黄鱼500克，料
酒、清汤、精盐、味精、姜丝、
葱花、白糖、植物油各适量。

制 作：

① 蒜薹洗净切段。

② 小黄鱼去鳞、鳃，剖肚去肠，洗
净，加精盐腌至入味，入油锅炸
熟，捞出。

③ 锅内加清汤、料酒、精盐、味
精、姜丝、葱花、白糖和鱼，煮
至入味，加蒜薹煮熟即可。

功 效：*益气开胃，消炎杀虫。*

爱心叮咛

● 适宜于消化不良、食欲不振、疲劳乏力，以及葡萄球菌、痢疾杆菌、大肠杆菌等
引起的肠胃炎等。

香菇核桃肉片

原　料：香菇200克，核桃仁100克，里
脊肉100克，精盐、白糖、料
酒、味精、湿淀粉、葱花、姜
末、植物油各适量。

制　作：

① 把香菇用水泡发洗净，控干，
切丁。

② 核桃仁入沸水烫后去皮，下油锅
炸至酥脆，捞出。

③ 里脊肉切成薄片，放入碗中，用
精盐、白糖、料酒、味精、湿淀
粉拌匀。油烧至五成热，放入肉
片，炒至七成熟，捞出。

④ 锅中加油烧热，下入香菇、葱
花、姜末煸香，加入肉片、核桃
仁翻炒，用精盐、味精调味，略
炒几下即可。

功　效：补肝肾，健脾胃，美容颜。

爱心叮咛

● 此菜对慢性胃炎、消化性溃疡、溃疡性结肠炎、习惯性便秘有辅助疗效。

● 现代研究证实，香菇具有降低胆固醇、增强人体免疫力、抗癌、补血等功效。

青红辣白菜丝

原　料：白菜500克，水泡干红辣椒、青椒各30克、精盐、姜、味精、糖、白醋、香油各适量。

制　作：

① 将白菜切成长段，上屉蒸5分钟，逐段竖立置盆中。

② 将红辣椒、姜、青椒切成丝。

③ 锅中加入适量香油，投入水泡干红辣椒丝、姜丝、青椒丝略炒，加入精盐、味精、糖、白醋炒匀，放凉后浇在白菜段上，使白菜段浸在汁中。食用时取白菜段切丝。

功　效：温胃散寒，促进食欲。

爱心叮咛

● 辣椒性大热，味辛，有温中下气、散寒除湿、活血化瘀等功效，能增进食欲，帮助消化。

炸山药条

原 料：山药300克，黑芝麻20克，青红　　　　　炸至金黄色捞出。
丝10克，豆油、白糖各适量。

③ 锅留底油少许，加适量白糖熬

制 作：

化，加入山药条挂上糖浆，撒入

① 将山药去皮洗净，切寸段，再顺　　　　炒熟的黑芝麻、青红丝即可。
长切成条。

功 效：健脾开胃，补益肺肾。

② 锅内放入豆油烧热，加入山药条

爱·心·叮咛

● 山药性温平，味甘。具有健脾补肺、固肾益精、聪耳明目、助五脏、强筋骨的功

效。主治脾胃虚弱、倦怠无力、食欲不振、久泄久痢等。

豆腐拌黄瓜丝

原 料：豆腐300克，黄瓜300克，香菜末、味精、蒜泥、辣椒油、芥末、香油、酱油、醋、精盐各适量。

制 作：

① 将豆腐切成条，入沸水中煮透，捞出晾凉。

② 黄瓜洗净切丝。

③ 将豆腐条、黄瓜丝和香菜末盛在盆中，加入香油、酱油、味精、蒜泥、辣椒油、芥末、醋、精盐，拌匀装盘即可。

功 效：益气和中，生津润肠，清热解毒。

爱·心·叮咛

● 此菜品对慢性胃炎、高脂血症、糖尿病均有辅助疗效。

● 豆腐性凉，味甘，可益气和中、生津润肠、清热解毒、利水消肿、气血不足、脾肺两虚。

番茄炒香菇

原 料：鲜香菇、番茄各200克，精盐、
　　　白糖、味精、香油、蒜片、葱白
　　　段、湿淀粉、熟菜油各适量。

制 作：

① 将番茄洗净，放入沸水中烫一
　下，捞出去皮，切成厚片。

② 鲜香菇去蒂洗净，切成片。

③ 炒锅置旺火上，加入熟菜油烧至
　六成热，下蒜片炒香，放入香菇
　片翻炒，加水煮至香菇软熟，再
　下入番茄片，加精盐、白糖、味
　精、葱白段翻匀，用湿淀粉勾
　芡，淋入香油，起锅装盘即成。

功 效：补肝肾，健胃消食。

爱·心·叮咛

● 香菇性平、凉，味甘，有补肝肾、健脾胃、安神智、美容颜之功效。

黑豆枣米粥

原 料：黑豆30克，糯米100克，大枣适量。

制 作：

1. 将大枣、黑豆洗净。
2. 糯米淘洗干净。
3. 将黑豆、大枣和糯米同入锅中，加适量水，大火烧开，改小火煮成稠粥即可。

功 效：补血益气，健脾益胃。

贴心叮咛

黑豆性平，味甘，具有宽中健脾，润燥消水等功效，可用于疳积泻痢、腹胀羸瘦、妊娠中毒等症。

牛肚糯米粥

原 料：牛肚100克，糯米50克，小麦30克，精盐、味精各适量。

制 作：

1. 牛肚洗净切块，糯米、小麦淘洗干净。
2. 将牛肚、糯米和小麦同入锅中，加适量水，大火烧开，转小火煮成粥，加精盐、味精调味即可。

功 效：补脾，和胃，清肺。

贴心叮咛

牛肚性温，味甘，具有补虚损、益脾胃等功效，可治病后虚羸、气血不足、消渴、风眩。

三蔬一果蜜饮

原 料：卷心菜叶150克，胡萝卜400克，芹菜200克，苹果300克，蜂蜜适量。

制 作：

① 将卷心菜叶洗净切段。

② 胡萝卜洗净，去皮切块。

③ 芹菜择洗干净，切段。

④ 苹果洗净，去皮、核，切块。

⑤ 将4种果菜同入榨汁机内榨取鲜汁，加入适量蜂蜜调匀即可。代饮料常饮。

功 效：健脾和胃，清热解毒，化滞下气。

爱心叮咛 ——————————

● 胡萝卜性平，味甘，有健脾和胃、补肝明目、清热解毒、透疹、降气止咳、壮阳补肾、化滞下气等功效，可用于治疗男性阳痿、性功能低下，夜盲症、麻疹、便秘、肠胃不适、饱闷气胀等。现代研究证实，可降脂、降压、防癌。

豌豆素鸡粥

原 料：鲜豌豆、素鸡各10克，猪肉馅
30克，大麦米50克，大米100
克，花生油、绍酒、酱油、葱姜
末、精盐、鸡粉各适量。

制 作：

① 大米、大麦米分别淘洗干净，大
米用清水浸泡30分钟，大麦米
浸泡6小时。

② 素鸡切丁。

③ 猪肉馅加葱姜末、绍酒、酱油拌
匀，下油锅煸炒至熟。

④ 锅中加入大米、大麦米和适量清
水，上火烧沸，转小火煮45分
钟，下入素鸡丁、豌豆和炒好的
猪肉馅，继续煮10分钟，加入
精盐、鸡粉搅拌均匀，煮至粥稠
时即可。

功 效：补中益气，和胃消食。

爱心叮咛

● 豌豆性平，味甘，有和中下气、利小便、解疮毒等功效，可治霍乱转筋、脚气、
痈肿。

糯米藕片

原 料： 莲藕1 000克，糯米500克，白糖、箆糖各适量。

制 作：

1. 将藕去皮洗净，在顶端切下一小段做盖。

2. 糯米淘洗干净，浸泡1小时，塞入莲藕孔中，盖上盖，用牙签刺穿固牢，放入锅中，加500毫升清水，放入白糖、箆糖，旺火烧开，改文火慢煮，至藕熟时捞出，切片装盘，淋上煮藕的糖汁即可。

功 效： 益胃健脾，养血补虚。

爱心叮咛

● 煮藕时忌用铁器，以免煮熟的藕发黑。

● 生藕性凉，味甘，可消瘀凉血、清烦热、止呕渴。熟藕性温，味甘，可益胃健脾、养血补虚、止泻。

莼菜鸡丝汤

原　料：莼菜250克，鸡丝150克，火腿丝
　　　　50克，鸡汤500毫升，精盐、味
　　　　精、香油各适量。

制　作：

① 莼菜洗净切段，放入沸水中煮熟
　　后捞出。

② 锅置旺火上，加入鸡汤烧沸，放
　　入鸡丝、精盐，烧开后放入莼菜、
　　火腿丝，调入味精、香油即可。

功　效：清热养胃，下气止呕。

爱·心·叮·咛

● 此汤可辅助治疗慢性胃炎、胃溃疡。

当归仔姜炖羊肉

原　料：当归30克，仔姜15克，羊肉300
　　　　克，精盐、味精各适量。

制　作：

　　当归、羊肉、仔姜分别洗净，切
　　片，同放容器中，加入适量水，
　　再放入大锅中，隔水炖熟，加精
　　盐、味精调味，稍炖入味即可。

功　效：温中补血，散寒止痛。

爱·心·叮·咛

● 特别适宜于虚寒腹痛者食用，更是女性
　极佳的补品。

红薯鱼肉饼

原 料： 红薯250克，面粉10克，鱼肉50克，酱油、葱姜末各适量，玉米油30毫升。

制 作：

① 红薯蒸熟，去皮，压成泥，加面粉揉成团。

② 净鱼肉剁细，加酱油拌匀。

③ 锅中加玉米油烧热，下葱姜末炒香，再下鱼肉略炒，做成馅，包入红薯泥面团中，压成饼，蒸熟即成。

功 效： 补中益气，和血生津，宽肠通便。

爱心叮咛

红薯含有黏蛋白，利于保持血管壁弹性，防止动脉粥样硬化，减少皮下脂肪，利于减肥，并可防止肝、肾结缔组织萎缩，保持消化道、呼吸道以及关节腔和浆膜腔的滑润。所含脱氢异雄固酮具有抗癌作用，所含类似雌激素的物质，可保持皮肤细腻，延缓衰老。

番茄炒肉片

原　料：猪瘦肉、番茄各200克，菜豆角
　　　　50克，菜油、葱姜蒜末、精
　　　　盐、味精、清汤各适量。

制　作：

① 猪肉切成薄片。

② 番茄洗净，去皮切块。

③ 菜豆角洗净掰成段。

④ 炒锅上火，加入菜油烧至七成
　热，下葱姜蒜末煸香，放入肉片
　翻炒，加入菜豆角、番茄、清汤
　适量，焖煮片刻，调入精盐、味
　精，炒匀即可。

功　效：健胃消食，补中益气。

爱心叮咛

● 此菜对于脾胃不和、食欲不振患者尤为适宜。

● 番茄性凉，味甘、酸，具有清热凉血、生津止渴、健脾消食之功效，可治口干舌
燥、牙龈出血、口疮、口苦等症，现代研究证实，番茄还具有降压、防癌、减肥、
美容、抗衰老等作用。

番 茄 双 花

原 料：菜花、西蓝花各200克，番茄
100克，番茄酱、白糖、精盐、
葱花、植物油、香葱粒各适量。

制 作：

① 将菜花、西蓝花洗净，去除根
部，切成小朵，入沸水中焯一
下，捞出，投凉沥水。

② 番茄洗净，切成小丁。

③ 炒锅上火，加植物油烧至六成
热，下入葱花爆香，随后放入番
茄酱翻炒片刻，加入少许清水，
大火烧沸，将菜花、西蓝花和番
茄放入锅中，调入精盐和白糖翻
炒均匀，待汤汁收稠后装盘，撒
上香葱粒即可。

功 效：清热利湿，补肾填精，和胃补虚。

爱心叮咛

● 菜花性平、味甘，具有补脑髓、利脏腑、开胸膈、益心力、壮筋骨等作用，现代
研究证实，菜花可健脑益智，提高免疫力，杀菌，防感染，防癌等。

大麦羊肉汤

原 料：羊肉500克，大麦仁150克，草果2个，精盐适量。

制 作：

① 大麦仁淘洗干净，放入汤锅内，加适量水，用武火烧沸，转文火煮成粥。

② 羊肉洗净，与草果一同放入锅内，加适量水煮至熟透，捞出羊肉、草果，汤中倒入大麦仁粥，改用文火熬至黏稠。

③ 将煮熟的羊肉切小块，放入大麦粥内，加少许精盐调匀即可。

功 效：温中下气，暖脾胃，破冷气，腹胀。

爱·心·叮咛

● 羊肉能有效促进血液循环、温暖全身、改善食欲、增强消化机能、强身健体、预防骨质疏松和延缓衰老，是补养佳品。

蜜烧红薯

原 料：红薯500克，大枣、蜂蜜各100
克，冰糖50克，植物油适量。

制 作：

1. 红薯洗净，去皮，先切成长方
块，再分别削成鸽蛋形。
2. 净炒锅上火，加入植物油烧热，
下红薯炸熟，捞出沥油。

3. 大枣洗净去核，切成碎末。
4. 锅留底油，加入300毫升清水，
放入冰糖熬化，倒入过油的红
薯，煮至汁黏稠时加入蜂蜜，撒
入大枣末推匀，再煮5分钟，盛
入盘内即成。

功 效：补中，润燥，缓急，解毒。

爱心叮咛

● 红薯含有黏蛋白，利于保持血管壁弹性，防止动脉粥样硬化，减少皮下脂肪，并
可防止肝、肾结缔组织萎缩，保持消化道、呼吸道以及关节腔和浆膜腔的滑润。
是促进生长发育、祛病强身、防老抗衰的佳品。

土豆萝卜烧排骨

原　料：土豆200克，肋排250克，胡萝卜100克，豆瓣酱、干辣椒、花椒、大料、精盐、冰糖、酱油、醋、花生油、香油各适量。

制　作：

1. 将肋排洗净，剁段，汆水。
2. 胡萝卜、土豆洗净去皮，切粗条。
3. 炒锅加入花生油烧热，放入豆瓣酱、干辣椒、花椒、大料、冰糖、酱油和醋，小火翻炒，放入肋排，大火炒至排骨出油，加开水没过排骨，加盖炖至排骨熟透，加精盐调味，放入胡萝卜和土豆翻拌，加盖炖烂，淋少许香油即成。

功　效：补气壮骨，健胃消食。

鸡肉土豆泥

原　料：鸡肉末50克，土豆200克，精盐、鸡汤、牛奶各适量。

制　作：

1. 将土豆蒸熟，剥去皮，碾成泥。
2. 鸡汤倒入锅内，放入土豆泥和鸡肉末，煮至半熟后加入牛奶和少许精盐，小火煮至呈黏稠状即可。

功　效：补气，健胃，消食。

爱心叮咛

● 土豆性平，味甘，具有补气、健胃、消食等功效，所含膳食纤维细腻柔软而不伤胃，对胃炎、胃溃疡、十二指肠溃疡等有良好的食疗效果。

白菜软炒虾

原　料：大虾150克，白菜头250克，精
　　　　盐、料酒、味精、醋、香油、葱
　　　　花、姜丝、花生油各适量。

制　作：

① 将大虾洗净，剔除虾线。

② 白菜头切条。

③ 锅内加花生油烧热，下入葱花、姜丝爆锅，倒入大虾，慢火煸炒，炒至虾色泽红润时加入白菜条，慢火炒熟，加精盐、料酒、醋、味精调味，出锅时淋入香油，炒匀即成。

功　效：补肾壮阳，健脾和胃，益气通乳。

爱心叮咛

● 虾中含有甲壳质，它可以促进体内有益菌的繁殖，抑制有害菌的孳生，有健胃整肠的作用，可防治孕妇便秘、痔疮。

土豆焖牛腩

原　料：牛腩肉500克，土豆200克，胡萝卜100克，葱段、姜片、蒜末、精盐、糖色、料酒、花椒、味精、花生油各适量。

制　作：

① 将牛肉洗净，切成块，入沸水中焯一下，捞出，控去水分。

② 土豆去皮，切成滚刀块，用油炸至半熟时捞出。

③ 胡萝卜洗净，切滚刀块。

④ 锅内加入适量清水，下入牛肉煮开，打去浮沫，加入葱段、姜片、花椒、料酒、蒜末、精盐、味精、糖色，改用小火炖至九成熟，加入土豆、胡萝卜，炖至土豆熟烂即可。

功　效：补中益气，滋养脾胃，消食下气。

爱心叮咛

● 土豆皮中，特别是发芽土豆含龙葵素较多，而龙葵素有毒，故吃时应削皮，如土豆已发芽则不可食用，以防中毒。

金丝苹果

原　料：苹果150克，鸡蛋1个，淀粉100克，白糖、植物油、芝麻、干面粉各适量。

制　作：

① 将苹果洗净，去皮、核，切成小菱形块，裹匀干面粉。

② 将鸡蛋打入碗内，加适量水和淀粉，搅匀成糊。

③ 将苹果块挂糊后滚匀芝麻，入热油锅中炸透，捞出控油。

④ 锅内留油少许，加适量水和白糖烧热，炒至拉丝时，倒入炸好的苹果块，搅拌裹匀糖稀，盛入盘中即可。

功　效：健脾和胃，涩肠润肺。

爱心叮咛

苹果性凉，味甘酸，具有生津止渴、润肺除烦、健脾益胃、益气养心、润肠止泻、解暑醒酒等功效。现代研究证实，苹果还具有保护心血管、稳定血糖、杀灭病毒和防癌等功效。

山药鸡蛋面

原 料： 山药粉200克，小麦粉400克，鸡蛋2个，豆粉30克，精盐、葱花、姜末、味精、酱油、香油各适量。

制 作：

① 将山药粉、小麦粉、豆粉放入小盆中，鸡蛋打入碗内，加适量清水及少许精盐搅匀，倒入面盆中，和成面团，擀成薄面片，切成面条。

② 将面条下入沸水锅内，煮熟后酌加葱花、姜末、精盐、味精、酱油、香油，拌匀即成。

功 效： 清热生津，健脾消食。

● 此面食可预防肥胖及高脂血症。

山药玉米粥

原 料： 山药150克，玉米糁200克，蜂蜜30克。

制 作：

① 将山药削皮洗净，切成小丁。

② 锅内加适量水，烧开后撒入玉米糁(边撒边搅拌，以防粘连)，煮至五成熟时加入山药丁，再煮至粥熟，调入蜂蜜即成。

功 效： 补中益气，健脾养胃，强筋健骨。

爱·心·叮·咛

● 玉米中的纤维素含量很高，具有刺激胃肠蠕动、加速粪便排泄的功能，可防治便秘、肠炎、肠癌等。

黄焖栗子鸡

原 料：开膛雏鸡 1 只（约400克），生栗子150克，酱油30克，甜面酱25克，白糖30克，高汤400克，花椒油、料酒、葱花、姜片、味精、水淀粉、花生油各适量。

制 作：

1. 将雏鸡洗净，剁块，加少许酱油拌匀。
2. 栗子洗净，用刀在顶部劈十字刀口，放入锅内加水煮透，捞出，剥去皮，劈成两半。
3. 鸡块和栗子分别下热油中汆一下，捞出沥油。
4. 炒锅内留少许油，用葱花、姜片炝锅，放入甜面酱炒出酱香味，加入酱油、高汤、料酒、白糖、鸡块和栗子，盖上锅盖，小火焖至八成熟时转中火，待汤汁剩一半、鸡肉已熟烂时，调入味精，用水淀粉勾芡，淋上花椒油，出锅装盘即成。

功 效：温中益气，养胃健脾。

爱心叮咛

● 《本草纲目》里写道，栗子"主治益气，厚肠胃，补肾气，令人耐饥。"孕妇食欲不佳，可吃栗子，能够改善胃肠功能，增加食欲。

鲜姜粥

原　料：鲜姜10克，大枣5枚，粳米150
　　　　克，植物油、精盐各适量。

制　作：

1. 鲜姜洗净，切片。
2. 粳米淘净，入锅，放入姜片、大
　枣，加适量水同煮成粥，加植物
　油、精盐调味，再稍煮即成。

功　效：暖脾养胃，益气补血，祛风散寒。

爱·心·叮咛

● 适用于病后或老年人脾胃虚寒、反胃食
　少、呕吐清水、腹痛泄泻、头痛鼻塞，
　以及慢性支气管炎、肺寒喘咳等。若用
　于风寒感冒则去大枣，加入葱白50克。

皇家奶茶

原　料：热红茶150毫升，热牛奶50毫升，
　　　　蜂蜜适量。

制　作：

　将热牛奶冲入热红茶内搅匀，调
　成热奶茶，再加入蜂蜜调匀即可。

功　效：滋润肺胃，生津润肠，生血长骨。

干贝蟹肉炖白菜

原 料：干贝50克，蟹肉150克，白菜心
　　　 500克，鲜汤500毫升，猪油、
　　　 精盐、鸡精、葱姜丝各适量。

制 作：

① 将白菜心洗净，改刀，入沸水中
　 焯一下，捞出，投凉沥水。

② 干贝泡软洗净，蒸透，撕成丝。

③ 蟹肉撕丝。

④ 净锅内加入鲜汤、葱丝、姜丝、
　 白菜心、猪油烧沸，下入干贝
　 丝、蟹肉丝，调入精盐、鸡精，
　 文火炖20分钟即可。

功 效：滋阴补肾，调中和胃，平肝下气。

爱心叮咛

干贝性平，味甘咸，可滋阴、补肾、调中、平肝、下气、利五脏、疗消渴，治腹中宿食。对肾虚腰痛、夜尿频数、气血亏虚、营养不良、食欲不振、消化不良等有一定的食疗作用。

羊肉海米羹

原 料：羊肉200克，大蒜50克，海米30克，葱、姜、精盐、鸡精各适量。

制 作：

① 羊肉洗净，切成薄片。

② 海米洗净，用温水泡软。

③ 大蒜去皮切片。葱切段和葱花。姜洗净切片。

④ 净锅置火上，加适量清水烧开，放入海米、蒜片、葱段、羊肉片，烧至羊肉片熟，加少许精盐、鸡精调味，撒入葱花即可。

功 效：补中益气，暖脾补肾，养胃安中，下乳。

爱·心·叮·咛

● 海米具有益气健脾、化痰通络的作用，适宜于孕妇因气血不足而造成的胎动不安、先兆流产及产后乳汁不下等。

栗子白菜

原 料：栗子100克，白菜300克，猪油25克，酱油、精盐、料酒、味精、白糖、水淀粉、葱花、植物油、高汤各适量。

制 作：

① 将大白菜去根，一破两半，切成1厘米宽的条(菜根处竖着切几刀，使整个菜心相连)，投入热油锅中稍炸一下，捞出控油。

② 栗子逐个用剪刀剪十字小口，放入锅内煮熟，捞出，剥去壳，栗子仁一切两半。

③ 锅内加猪油烧热，用葱花炝锅，加入高汤、酱油、料酒、味精、白糖、精盐、白菜、栗子烧沸，转小火炖至汤汁剩一半、栗子已熟烂时，用水淀粉勾芡即成。

功 效：补中益气，调和肠胃。

爱 心 叮 咛

● 白菜有清热解毒、消肿止痛、调和肠胃、通利大小便等功效。可治肺热咳嗽、便秘，消食下气。

山药羊肉粥

原 料：山药200克，羊肉200克，胡萝卜50克，粳米200克，精盐、鸡精各适量。

制 作：

① 将羊肉洗净切片。

② 山药削皮，洗净切片。

③ 胡萝卜削皮，洗净切粒。

④ 粳米淘洗干净。

⑤ 羊肉入沸水中煮至熟烂，加入山药、胡萝卜、粳米同煮成粥，加适量精盐、鸡精调味即可。

功 效：健脾补肾。

爱心叮咛

● 此粥适宜于体虚畏寒、食欲不振、大便薄、腰酸尿多者食用。

● 山药中含有一种多糖蛋白质，能减少皮下脂肪沉积，避免肥胖。山药还含有一种多糖蛋白质的混合物，能防止脂肪沉积在心血管上，保持血管弹性，延缓动脉粥样硬化的发生。

番茄黄豆炖牛肉

原 料：熟牛肉200克，番茄250克，黄豆50克，甜面酱、猪油、大料、葱姜末、精盐、白糖、湿淀粉、高汤各适量。

制 作：

① 将牛肉剔去筋膜，洗净，切成3厘米见方的块。

② 黄豆洗净，用清水浸泡5小时。

③ 番茄洗净，去蒂，切块。

④ 炒锅内加入猪油烧热，下大料炸至出味，放葱姜末炝锅，下甜面酱炒香，加入高汤，放入牛肉、黄豆炖煮至牛肉软烂时，放入番茄，调入精盐、白糖稍炖，用湿淀粉勾芡，炒匀，出锅即可。

功 效：补中益气，滋养脾胃。

爱心叮咛

● 牛肉具有补中益气、滋养脾胃的作用，可用于防治孕妇因内分泌变化而造成的慢性腹泻、食欲不振、下肢浮肿等。

柠汁煎鸡脯

原 料：鸡脯肉400克，蒜末30克，鸡蛋1个，青红尖椒丝30克，白醋30克，柠檬汁20毫升，植物油、白糖、精盐、淀粉、香油各适量。

制 作：

1. 鸡脯肉洗净，片成大薄片。
2. 鸡蛋打入碗中，加入淀粉和少许清水调成蛋糊。
3. 锅内加植物油，烧至五成热，将鸡肉片逐片挂匀蛋糊，下入油锅，以小火慢炸至两面金黄色时，捞出控油，码入盘中。
4. 锅留底油少许，投蒜末烹香，加入青红尖椒丝、白醋、柠檬汁、白糖、精盐和清水少许，待白糖熬化时勾芡，淋香油，将汁均匀地浇在鸡肉片上即成。

功 效：健脾开胃，滋阴养血，润泽肌肤。

爱♥心叮咛

● 鸡肉营养比较高，而且很容易被人体吸收利用，是增强体力、强壮身体的佳品。

肉豆蔻粥

原 料：肉豆蔻10克，粳米100克，姜片
　　　适量。

制 作：

1. 粳米淘洗干净，用清水浸泡1小
　　时，捞出，沥干水分。
2. 将肉豆蔻捣碎，研成细末。
3. 锅中加入清水、粳米，旺火煮
　　开，改小火熬煮，煮至粥将成时
　　加入肉豆蔻末、姜片，搅拌均
　　匀，再略煮片刻即可。

功 效：宽中行气，生津清热，化积导滞

爱·心·叮·咛

● 此粥适宜于食积饱胀、胸膈满闷、噎
　膈反胃者食用，尤其有助于消食化积。

花生仁杏仁粥

原 料：粳米200克，花生仁50克，杏仁
　　　25克，白糖20克。

制 作：

1. 花生仁洗净，清水浸泡1小时。
2. 杏仁焯水烫透，捞出。
3. 粳米淘洗干净，浸泡1小时。
4. 锅中加入2 000毫升清水，放入花
　　生仁、粳米旺火煮沸，改小火煮
　　约45分钟，下入杏仁，调入白糖，
　　搅拌均匀，继续煮15分钟即可。

功 效：补中益气，健脾养胃。

爱·心·叮·咛

● 此粥适宜于营养不良、脾胃失调、咳嗽
　痰喘者食用。

鲫鱼菜花羹

原 料：鲫鱼2条(约500克)，菜花100克，植物油、精盐、味精、姜片、香葱末、胡椒粉、香油各适量。

制 作：

① 将鲫鱼宰杀，去鳞、鳃及内脏洗净，用精盐水腌渍5分钟。

② 菜花去杂质洗净，切成小块。

③ 净锅上火，加入植物油烧热，下姜片炝锅，放入鲫鱼煎至两面微黄，加适量开水，煮半小时，加菜花煮熟，调入胡椒粉、精盐、味精，撒入香葱末，淋入香油即成。

功 效：健脾利湿，和中开胃，活血通络。

爱·心·叮咛

● 适用于辅助治疗上腹部饱胀、纳呆食少、胃中有振水音等。

粳米姜粥

原　料：粳米200克，鲜姜末10克，红糖
　　　　15克。

制　作：

① 粳米淘洗干净，清水浸泡1小时。

② 锅中加入约2500毫升清水，放入
　粳米，旺火烧沸，加入姜末，转
　小火熬煮成粥，再下入红糖拌
　匀，稍焖片刻，即可盛起食用。

功　效：补脾益胃，扶助正气，散寒通阳

薏仁粥

原　料：薏苡仁50克，粳米100克，冰糖
　　　　10克。

制　作：

① 将薏苡仁、粳米淘洗干净，薏苡仁
　用清水浸泡3小时，粳米浸泡1
　小时。

② 锅中加入约1500毫升清水，放入
　薏苡仁、粳米，旺火烧沸，转小
　火熬煮45分钟，加入冰糖拌匀，
　再稍煮片刻，即可盛起食用。

功　效：健脾养胃，清热利湿。

鲜姜炖牛肚

原 料：牛肚 300 克，姜 30 克，料酒、味精、精盐、猪油各适量。

制 作：

① 将牛肚洗净，切片，入沸水中焯一下，捞出沥水。

② 姜洗净切片。

③ 净锅加入适量清水，放入牛肚、姜片烧沸，小火炖至牛肚熟透，烹入料酒，调入精盐、味精、少许猪油，煮至入味即可。

功 效：补元气，壮身体，健脾养胃。

爱心叮咛

● 鲜姜性温，味辛，有发表、散寒、止呕、祛痰、助消化、利分泌等功效，可防风寒感冒、呕吐、喘咳、胀满、泄泻等症。

葱爆羊肉

原 料：葱白200克，羊肉400克，鸡蛋清、精盐、味精、老抽、料酒、淀粉、色拉油各适量。

制 作：

① 葱白洗净，斜刀切段。

② 羊肉洗净切片，放入大碗中，加入精盐、味精、老抽、料酒、鸡蛋清、淀粉抓匀上浆。

③ 锅中倒油，烧至六成热，放入浆好的羊肉片，炸至断生时捞出，控油。

④ 锅中留底油，放入葱白煸香，加入料酒、老抽，放入羊肉片，调入精盐、味精，翻炒均匀即可。

功 效：开胃健力，通阳活血。

爱心叮咛

● 葱含有微量元素硒，可降低胃液内部亚硝酸盐含量，对预防胃癌等多种癌症有一定作用。

大枣扒山药

原　料：大枣150克，山药800克，罐头
樱桃10粒，猪网油1张，植物
油、白糖、桂花酱、湿淀粉各
适量。

制　作：

① 将山药洗净，煮熟，晾凉后剥去
皮，切片。

② 大枣用温水洗净，切成两半，去
核。樱桃洗净去核。

③ 猪网油洗净，沥干水分。

④ 扣碗内抹植物油，把猪网油平垫
碗底，上面放樱桃和大枣，码入
山药片，撒一层白糖，至码完，
稍淋些植物油，再加桂花酱，上
屉蒸熟，取出扣碗，挑净油渣，
翻扣于盘内。锅内加清水，放白
糖化开，勾芡，浇入盘中即成。

功　效：健脾益胃，养心安神。

爱心叮咛

● 适宜于脾胃虚弱、食欲不振者食用。

● 老年人经常出现躁郁、心神不宁、健忘、食欲不振等症状，多食大枣可宁心安神、
益智健脑、增强食欲。另外大枣还有很好的美容保健作用。

凉拌香椿

原　料：鲜香椿100克，精盐、味精、白糖、陈醋、酱油、油辣椒、芝麻油各适量。

制　作：

① 香椿洗净，切成小段，入沸水中汆透，捞出，投入凉开水中过凉，沥水。

② 将香椿倒入大碗中，加入精盐、味精、白糖、陈醋、酱油、油辣椒、芝麻油，拌匀装盘即可。

功　效：清热解毒，健胃理气，润肤明目

爱·心·叮咛

● 香椿是时令名品，含香椿素等挥发性芳香有机物，可健脾开胃，增加食欲。香椿含有维生素E和性激素物质，能抗衰老和利阳滋阴，对不孕不育症有一定疗效，故有"助孕素"的美称。

鲫鱼豆腐汤

原 料：鲫鱼1条(约250克)，豆腐200克，黄酒、葱花、姜片、精盐、味精、植物油、湿淀粉各适量。

制 作：

① 豆腐切5毫米厚的片，入加精盐的沸水中烫5分钟，捞出沥水。

② 鲫鱼去鳞、腮、内脏，洗净沥水，抹上黄酒、精盐腌5分钟。

③ 锅置火上，放入植物油烧热，爆香姜片，放入鲫鱼两面煎黄，加适量水，用小火煮沸30分钟，放入豆腐片，加精盐、味精调味，再煮5分钟，淋入湿淀粉勾薄芡，撒上葱花即可。

功 效：益气养血，健脾宽中。

爱心叮咛 ─────────

豆腐宜与鱼、虾、海带、蛤蜊等同时烹饪，以提高豆腐中蛋白质的利用率。

姜 母 鸭

原　料：鸭块500克，姜100克，米酒200毫升，精盐、花生油各适量。

制　作：

① 姜洗净，分切成片和丝。

② 鸭块洗净，入沸水中快速氽过，捞出沥水。

③ 锅中加少许花生油烧热，放入姜片炒出香味，加入鸭块一起煸炒，再加精盐和米酒煮开，倒入碗中，撒上姜丝，入蒸锅中小火蒸2小时即可。

功　效：养胃止呕，杀菌消肿。

爱心叮咛

● 生姜具有解毒杀菌的作用。日常我们在吃松花蛋或鱼蟹等水产时，通常会放上一些姜末、姜汁，就是为了杀菌解毒。

● 平素身体虚寒，或因着凉引起的食欲减退、胃腹疼痛、腹泻、腰痛及痛经等症，应忌食鸭肉。

海带鱼头汤

原 料：海带200克，鱼头1个，料酒、
　　　葱段、姜片、精盐、味精、胡椒
　　　粉、香油各适量。

制 作：

① 将海带用清水浸泡，洗去泥沙，
　　切成细丝。

② 将鱼头去鳃，洗净，剁成小块。

③ 将海带、料酒、鱼头、姜片、葱
　　段一同放入炖锅内，加水适量，
　　武火烧沸，改文火炖煮35分
　　钟，加入精盐、味精、胡椒粉、
　　香油调味即成。

功 效：补益虚亏，开胃生津，理气化痰。

爱心叮咛

● 适用于脾胃虚弱、腰膝酸软、倦怠无力、咳嗽痰多等症。

● 吃海带后不要马上喝茶，也不要立刻吃酸涩的水果，尤其不能与酒同食。

山药煨牛蹄

原　料：牛蹄300克，山药300克，五味
　　　　子5克，川芎5克，青蒜苗末10
　　　　克，植物油、八角、桂皮、酱
　　　　油、花椒油、料酒、精盐、葱
　　　　花、姜末各适量。

制　作：

① 将牛蹄切核桃状块，入沸水中氽
　　透，捞出。

② 五味子、川芎加水煎取汁。

③ 山药削皮，洗净切块。

④ 锅中加植物油，投入葱花、姜末
　　烹香，放入八角、桂皮、山药
　　块，翻炒片刻，加入酱油、药
　　汁、料酒、精盐调味，加入牛蹄
　　块，改小火煨烧20分钟，撒入
　　青蒜苗末，淋花椒油即成。

功　效：开胃健脾，益气强阴，健筋骨，
　　　　润肌肤，补肝肾。

爱心叮咛

● 山药性温平，味甘。可健脾补肺、固肾益精、聪耳明目、助五脏、强筋骨，主治
脾胃虚弱、倦怠无力、食欲不振、久泄久痢、痰喘咳喘、肾气亏耗、腰膝酸软、
消渴尿频、遗精早泄等。

栗子白果羹

原 料：栗子、白果各200克，红瓜、青
梅各40克，白糖50克，菱粉15
克，糖桂花5克。

制 作：

① 栗子去壳，用温水浸泡3小时，
除去外皮。

② 红瓜、青梅洗净。

③ 白果去壳，放入锅中煮熟，剥去
外皮，切掉两头，捅出白果心。

④ 将栗子、红瓜、青梅均切成与白
果一样大小，再将栗子和白果上
笼蒸约45分钟。

⑤ 将栗子和白果从笼中取出，与红
瓜、青梅一起放入锅内，加入
600毫升清水烧沸，下入白糖，
用菱粉加水勾芡，调成羹，再将
糖桂花放入，调匀后即可起锅。

功 效：*补益虚亏，开胃生津，理气化痰*

爱心叮咛

● 适用于脾胃虚弱、腰膝酸软、倦怠无力、咳嗽痰多等症。

● 栗子性温，味甘，具有养胃健脾、补肾强筋、活血止血的功效。可用于反胃、泄
泻、腰脚软弱、吐血、衄血、便血等症。

山楂梨丝

原 料：梨500克，山楂、白糖各150克。

制 作：

1. 将梨洗净，削去皮，挖去核，切成细丝，放入盘中。

2. 山楂用开水浸泡一下，去核。

3. 锅内加入适量清水烧沸，放入白糖，溶化后下山楂，待山楂熟透时，捞出，摆在梨丝周围即成。

功 效：清肺热，开脾胃，增饮食。

爱心叮咛

梨性凉，味甘微酸，具有生津润燥、清热化痰的功效。对热病津伤、秋燥、烦渴、消渴、干咳、痰少、痰粘、噎膈、便秘等有较好的治疗效果。

萝卜青果粥

原 料：粳米100克，萝卜50克，青果2〇克，精盐适量。

制 作：

① 粳米淘洗干净，用清水浸泡1小时。

② 青果洗净，萝卜洗净切块。

③ 锅中加入1000毫升清水，放入粳米，置旺火上烧沸，加入青果和萝卜块，改用小火熬煮成粥，调入少许精盐搅匀，再稍焖片刻，即可盛起食用。

功 效：开胃消滞，下气化积。

爱心叮咛 ————————

● 此粥可用于食积胀满、痰咳失音、消渴、痢疾、偏正头痛等症。

茴香菜粥

原 料：粳米100克，茴香菜50克，精盐适量。

制 作：

① 粳米淘洗干净，用清水浸泡1小时。

② 茴香菜择洗干净，切碎。

③ 锅中加入1000毫升清水，放入粳米，旺火烧沸，改小火熬煮，待粥将熟时加入茴香菜、精盐，再续煮至菜熟粥稠，即可盛起食用。

功 效：温补脾肾，理气和胃。

芝麻肉干

原　料：猪瘦肉片500克，炸花生米末、炸核桃仁碎粒各50克，芝麻、干红椒丁、植物油、料酒、白糖、精盐、葱姜蒜末各适量。

制　作：

1　锅内加植物油，烧至五成热，下入猪瘦肉片，炸至微干时，捞出控油。

2　锅留底油少许，改小火，投入葱姜蒜末及炸花生米末、炸核桃仁碎粒、芝麻、干红椒丁和炸好的猪瘦肉干，加入料酒、白糖、精盐，翻炒均匀即成。

功　效：润肺和胃，强身健体，润泽肌肤。

爱心叮咛

● 猪肉性平，稍带微寒，味甘、咸。有补中益气、丰肌体、生津液、润肠胃、强身健体的功效，适于阴虚不足和营养不良者食用。

干煸牛肉丝

原　料：鲜牛肉500克，熟芝麻5克，川花椒3克，川红泡椒碎10克，植物油、料酒、白糖、精盐、葱丝、姜丝各适量。

制　作：

① 将鲜牛肉洗净，切丝。

② 锅内加入植物油，烧至六成热，下入牛肉丝，用筷子拨散，改小火浸炸至干，捞出控油。

③ 锅留底油少许，投入葱丝、姜丝、川花椒煸香，加入川红泡椒碎稍炒，放入炸好的牛肉丝及料酒、白糖、精盐、熟芝麻，迅速翻炒均匀即成。

功　效：健胃开脾，散寒除湿。

爱心叮咛

● 牛肉具有补中益气、滋养脾胃的作用，可用于防治孕妇因内分泌变化而造成的慢性腹泻、食欲不振、下肢浮肿等症。

卷心菜粥

原 料：粳米100克，卷心菜200克，精
　　　盐适量。

制 作：

① 将卷心菜冲洗干净，剥去外皮，
　　切碎。

② 粳米淘洗干净，清水浸泡1小时。

③ 锅中加入1000毫升清水，放入
粳米，旺火煮沸，加入卷心菜，
改用小火熬煮成粥，加精盐调
味，再稍焖即可。

功 效：补中益气，健脾养胃，促进溃疡
　　　愈合。

爱心叮咛

● 卷心菜中含有维生素U，对溃疡有着很好的治疗作用，能加速溃疡面愈合，是胃
溃疡患者的理想食品。多吃卷心菜可增进食欲、促进消化、预防便秘。

芥末白菜墩

原 料：白菜5 000克，芥末面100克，
　　　　精盐、白糖、醋各适量。

制 作：

① 白菜去老叶洗净，菜头切去三分
之一不用，留下部分切5厘米横
段(白菜墩)，一层层在盆内摆
好，用沸水浇在白菜上，水要浸
过白菜，加盖闷10分钟，倒出
水，再用沸水浇，如此3次。

② 将白菜墩移在小缸里摆好一层，
撒上一层精盐，再撒上一层干芥
末面，随后撒一层白糖，再摆第
二层白菜墩，如此顺序摆完为
止，到最上层倒入适量醋，封严
缸口，放在阴凉处，3日后即可
食用。

功 效：健脾开胃，消食通便。

爱心叮咛 ————

● 芥末有通利五脏、开胃、发汗、化痰、利气等作用。

口蘑鸭块汤

原 料：鸭肉500克，水发口蘑100克，鲜汤、黄酒、精盐、味精、葱段、姜片、胡椒粉各适量。

制 作：

① 鸭肉洗净，切2厘米见方的块。

② 水发口蘑洗净，一切两半。

③ 锅置火上，加水烧沸，分别下鸭肉块和口蘑氽一下，一起放入大汤碗内，加入黄酒、精盐、味精、胡椒粉。

④ 汤锅上火，放入鲜汤、葱段、姜片略煮，捞出葱、姜，将汤倒入盛鸭块和口蘑的碗内，碗口用平碟封住，上笼蒸90分钟即成。

功 效：滋阴养胃，利水消肿。

爱心叮咛

● 适用于辅助治疗胃中不适、有灼热感等。脾胃虚寒者不宜食用。

● 口蘑性平，味甘，有利五脏、助消化、补身体的作用，对消化不良和神经衰弱等疾病有一定疗效，对胃溃疡、十二指肠溃疡及慢性胃炎有较好的治疗效果。

平菇牛肉饼

原 料：鲜平菇500克，面粉500克，牛肉250克，葱姜末、鸡油、植物油、香油、精盐、五香粉各适量。

制 作：

① 将面粉倒入小盆中，浇入沸水，用筷子边倒水边搅拌，做成烫面团，稍筬后，揪成10个面剂，并擀成直径15厘米的面皮。

② 将平菇洗净，切丁，入沸水中焯一下，捞起过凉。

③ 牛肉洗净，去筋，剁成肉泥。

④ 将平菇丁、牛肉泥、葱姜末放入盆内，加入鸡油、香油、精盐、五香粉和少许清水，搅匀成馅，每个面皮包1份馅，即成饼坯。

⑤ 在平底锅内放植物油，烧热后把馅饼坯逐个摆在锅内，煎至两面金黄色，装盘即成。

功 效：补脾胃，益气血，强筋骨，提高免疫力。

爱心叮咛

● 平菇对肝炎、慢性胃炎、胃及十二指肠溃疡、尿道结石有防治作用，可降血压、降血清胆固醇，对妇女更年期综合征有调理效果。所含侧耳多糖具有抗肿瘤功效。

锅巴粥

原　料：粳米、锅巴各100克，干山楂片
　　　　50克，白糖适量。

制　作：

① 将锅巴掰碎，干山楂片洗净。

② 粳米淘洗干净，用清水浸泡1小时。

③ 锅内加入适量清水，下入山楂
片、粳米，旺火煮开，改小火熬
煮，至粥将成时加入锅巴，再略
煮片刻，调入白糖，搅匀即可。

功　效：温中健胃，促进消化。

爱心叮咛

山楂具有促进胃液中酶类分泌的作用，
可增进消化，开胃消食，减轻因消化不
良引起的腹胀、饱闷等症。

豆豉薤白粥

原　料：粳米100克，淡豆豉、薤白各50
　　　　克，精盐适量。

制　作：

① 粳米淘洗干净，用清水浸泡1小时。

② 淡豆豉洗净，薤白去皮，冲洗干
净，切碎。

③ 锅中加入1200毫升清水，倒入粳
米，旺火煮开，下入淡豆豉，再
改小火煮至半熟，加入薤白、精
盐，续煮成粥即可。

功　效：健胃消食。

陈皮瘦肉粥

原 料：粳米150克，猪瘦肉100克，陈皮10克，葱末、姜末、色拉油、料酒、酱油、精盐各适量。

制 作：

① 粳米淘洗干净，浸泡1小时。

② 陈皮泡透切片。

③ 猪瘦肉洗净，剁成末。炒锅上火，加色拉油烧热，下葱末、姜末炒香，加入肉末炒至变色，烹入料酒、酱油，煸炒至熟。

④ 锅中加入1500毫升清水，放入粳米和陈皮片，旺火烧沸，加入猪瘦肉末，改小火熬煮，见粥变浓稠时下入精盐调好味，再稍煮片刻即可。

功 效：补益虚亏，开胃生津，理气化痰。

爱·心·叮咛

● 适用于脾胃虚弱、腰膝酸软、倦怠无力、咳嗽痰多等症。

● 陈皮挥发油对消化道有柔和的刺激作用，有利于胃肠积气的排出，能促进胃液分泌，有助于消化，对胃肠平滑肌有松弛作用。

羊肚菌烧百叶

原 料：羊肚菌25克，牛百叶100克，菜心、植物油、清汤、姜片、料酒、酱油、精盐、食用碱面、白糖、胡椒粉各适量。

制 作：

1. 将羊肚菌用沸水加盖泡发1小时，捞出，挤去水分，剪去老根，用清水洗净。

2. 牛百叶切长条，放在盆中，冲入开水，撒入食用碱面，用筷子搅拌均匀，待牛百叶变成乳白色时蒿去碱水，用开水洗去碱味，洗净打结。

3. 菜心洗净烫熟，捞出沥水，摆入盘中。

4. 锅内加入植物油，烧至七成热，投入姜片、羊肚菌煸炒出香味，注入适量清汤，放入牛百叶结、精盐、料酒、白糖、酱油、胡椒粉，煮沸后撇去浮沫，急火收汁，起锅盛入菜心盘中即成。

功 效：补虚弱，盛盛益脾胃。

爱心叮咛

● 适用于脾胃虚损、脘腹胀满等症。

● 羊肚菌性寒，味甘，具有益肠胃、化痰理气的功效。

炸香椿鱼

原 料：嫩香椿芽200克，淀粉50克，鸡蛋1个，植物油、面粉、精盐各适量。

制 作：

① 将嫩香椿芽洗净，放入碗中，加适量精盐腌渍15分钟，取出，沥净水。

② 将鸡蛋打入碗内，加入适量清水、淀粉、面粉，搅匀成糊。

③ 净锅置火上，加入植物油烧至六成热，将香椿芽挂匀糊下入锅内，炸至呈金黄色时捞出沥油，摆入盘中即可食用。

功 效：健脾开胃，增加食欲。

爱·心·叮·咛

● 香椿具有清热利湿、利尿解毒之功效，是辅助治疗肠炎、痢疾、泌尿系统感染的良药。香椿含有的挥发气味能使蛔虫不能附着在肠壁上而被排出体外。

砂仁鲫鱼汤

原 料：活鲫鱼约250克，砂仁5克，姜
片、葱段、精盐各适量。

制 作：

① 将活鲫鱼宰杀，去鳞、鳃，剖腹
去内脏，洗净。

② 将砂仁放入鲫鱼腹中，再将鲫鱼
放入沙锅内，加适量水，武火烧
开，放入姜片、葱段、精盐调
味，再小火煮熟即成。

功 效：温中健脾，化湿利水，下气开胃。

爱心叮咛

● 适用于不思饮食、恶心呕吐或兼浮肿者食用。

● 鲫鱼性平，味甘，有健脾利尿的功效，可治脾胃虚弱、纳少无力、痢疾、便血、
水肿等症。

酱炒鸡胗

原 料：净鸡胗400克，青红尖椒片100克，植物油、八角、甜面酱、酱油、料酒、精盐、葱姜蒜末、淀粉各适量。

制 作：

1. 将鸡胗去净外皮油膜，洗净，顺长切条，放入大碗中，加入淀粉抓匀。
2. 净锅加入植物油，烧至五成热，下入鸡胗条划散，捞出控油。
3. 锅留底油少许，投入葱姜蒜末、八角烹香，加入青红尖椒、甜面酱、酱油、料酒、精盐炒匀调味，放入鸡胗条，加少许清水，翻炒片刻，勾芡即成。

功 效：健脾养胃，温中消食。

爱心叮咛

● 鸡胗需剖开，撕去内皮（又称鸡内金，系中药材），撕时切勿浸水，否则不易剥离，撕去后再洗。

粳米肉桂粥

原 料：粳米100克，肉桂、红糖各10克。

制 作：

1. 粳米淘洗干净，清水浸泡1小时。
2. 将肉桂洗净打碎，放入锅中，加适量清水，煮沸20分钟，滤取浓汁。
3. 锅中加水1000毫升，倒入粳米，旺火煮开，改小火熬煮，至粥将成时加入肉桂浓汁，续煮至粥成，再加入红糖调味即可。

功 效：开胃消滞，下气化积。

爱心叮咛

肉桂性热，味辛甘，具有补元阳、暖脾胃、除积冷、通血脉等功能。

芹菜山楂粥

原 料：粳米100克，芹菜80克，山楂20克，精盐适量。

制 作：

1. 粳米淘洗干净，用清水浸泡1小时。
2. 山楂洗净切片，芹菜洗净切丁。
3. 锅中加入1000毫升清水，放入粳米，旺火烧沸，改小火煮半小时，下入芹菜丁、山楂片，继续煮10分钟，用精盐调好味即可。

功 效：健脾清热，润肺利咽。

爱心叮咛

芹菜含铁量较高，可预防缺铁性贫血。芹菜汁有降糖作用。

蚝油牛肉

原　料：鲜牛肉400克，笋片、青红椒片
各50克，植物油、熟芝麻、蚝
油、料酒、酱油、嫩肉粉、姜
末、葱末、精盐、淀粉各适量。

制　作：

① 将鲜牛肉洗净，切大薄片，放入
大碗中，加入适量清水、嫩肉
粉、淀粉，抓匀上浆。

② 净锅内加入植物油，烧至五成
热，下入浆好的牛肉片划散，捞
出控油。

③ 锅留底油少许，下入葱末、姜末
爆香，加入笋片、青红椒片翻
炒，倒入少许水和蚝油、料酒、
酱油，加精盐调味，勾薄芡，放
入牛肉片、熟芝麻，翻炒均匀
即成。

功　效：补虚赢瘦，健脾利胃，益气强身。

● 牛肉性平，味甘，有补脾胃、益气血、强筋骨的功效。现代医学证实，食用牛肉
有预防消化系统肿瘤的作用。

萝卜炖羊肉

原 料：羊肉500克，萝卜500克，陈皮10克，料酒、葱段、姜片、精盐、味精、胡椒粉各适量。

制 作：

① 将萝卜洗净，削去皮，切成块。

② 羊肉洗净，切成块。陈皮洗净。

③ 羊肉、陈皮、葱段、姜片、料酒放入锅内，加适量清水，武火烧开，打去浮沫，再放入萝卜块煮熟，加入胡椒粉、精盐、味精调味，装碗即成。

功 效：健脾和胃，下气通乳。

爱心叮咛

● 中医认为，"人参补气，羊肉补形"。羊肉味甘不腻，性温不燥，能温中补虚、益肾壮阳，是辅助治疗脾虚吐泻、肾虚阳痿、遗精等疾病的佳品。

鸭肉香菇粥

原　料：鸭肉200克，火腿肉60克，海米
　　　　10克，水发香菇3个，花生米
　　　　100克，糯米100克，鲜汤250毫
　　　　升，黄酒、精盐、味精各适量。

制　作：

① 将鸭肉、火腿肉、水发香菇切成
　　小丁，分别入沸水内氽一下，捞
　　出，放在碗中，加入黄酒、鲜

汤，上笼蒸1小时取出。

② 糯米、花生米淘洗干净，放入锅
　　中，加入蒸好的原料及汤汁，放
　　入海米，加适量水，旺火烧开，
　　改小火熬煮成粥，调入精盐、味
　　精，拌匀即成。

功　效：滋阴养胃，利水消肿。

爱心叮咛

● 适用于胃脘痛、纳呆食少、大便干结等。大便薔薄者不宜食用。

● 鸭肉中含氮浸出物比畜肉多，所以鸭肉味美。烹调时，加入少许精盐，能有效地
　溶出含氮浸出物，会做出更鲜美的肉汤。

大葱鸡脯卷

原 料：鸡脯肉350克，葱白段300克，鸡蛋1个，植物油、料酒、白糖、精盐、葱末、白腐乳汁、淀粉各适量。

制 作：

1 将鸡脯肉洗净，切成薄片，放入大碗中，打入鸡蛋，加入葱末、料酒、白腐乳汁、白糖、精盐、淀粉，抓匀，腌制10分钟，捡去杂料，逐片卷入葱白段，用牙签串起。

2 锅内加入植物油，烧至五成热，下入肉卷，炸至色泽金黄即成。

功 效：补虚益气，开胃消食。

爱心叮咛 ——

● 葱含有具刺激性气味的挥发油，能祛除腥膻等异味、产生特殊香气，可以刺激消化液的分泌，增进食欲。

柠汁煎牛扒

原 料：鲜牛肉300克，鸡蛋1个，柠檬汁5毫升，植物油、白醋、白糖、精盐、嫩肉粉、淀粉各适量。

制 作：

① 将鲜牛肉洗净，切大薄片，放入大碗中，打入鸡蛋，加入适量嫩肉粉、淀粉、清水，抓匀，放置20分钟。

② 将白醋、白糖、精盐、柠檬汁对成料汁。

③ 净锅置火上，加入植物油烧至五成热，将牛肉逐片摆放入锅中，煎至两面变黄，烹入料汁，改中火收汁，将干装盘即成。

功 效：健脾开胃，益气补肾，强身壮体。

爱心叮咛

● 柠檬可以促进胃蛋白分解酶的分泌，增加肠胃蠕动，帮助消化吸收，具有健脾开胃的功效。

羊杂面

原　料：面粉500克，羊杂250克(羊舌、羊
肾、羊百叶、羊脑、羊血等)，蘑
菇50克，葱姜丝、胡椒粉、花椒
粉、精盐、味精各适量。

制　作：

1. 羊杂洗净，入沸水中焯去血水，
切成薄片。
2. 蘑菇洗净，撕成条。
3. 将面粉加清水和成面团，用擀面
杖擀成薄面片，切成面条。
4. 将羊杂放入锅内，加清水适量，
放蘑菇、葱姜丝，武火烧沸，转
文火炖煮至羊杂熟，下入面条煮
熟，调入精盐、味精、胡椒粉、花
椒粉即成。

功　效：益气补虚，温中止痛。

莲子大枣粥

原　料：大米100克，莲子30克，大枣
枚，红糖20克。

制　作：

1. 莲子泡发去心，大枣洗净去核，
大米淘洗干净。
2. 大米放入铝锅内，加入莲子、大
枣和水适量，武火烧沸，改文火
炖煮40分钟，加入红糖调匀即成。

功　效：健脾胃，止疼痛。

爱心叮咛

● 莲子甘可补脾，涩能止泻，所以可用于
脾虚、湿盛、呕吐泄泻者，常与人参、
白术、扁豆及山药同用，以健脾益气。

茶树菇炒肉丝

原 料：茶树菇200克，猪瘦肉100克，
植物油、酱油、淀粉、香油、精
盐、米醋各适量。

制 作：

① 茶树菇洗净，切丝。

② 猪瘦肉洗净，切丝。

③ 锅内放植物油，烧至八成热，投
入肉丝翻炒片刻，放入茶树菇丝
炒匀，加酱油、精盐、米醋调
味，勾芡，淋香油即成。

功 效：益气养胃，健脾止泻，利尿渗湿。

贴·心·叮·咛

中医认为，猪肉可补中益气、丰肌体、生津液、润肠胃、强身健体。

油炸茶树菇

原 料：茶树菇150克，鸡蛋2个，面粉、
　　　 精盐、植物油、香油各适量。

制 作：

① 将茶树菇洗净，切成两半。

② 鸡蛋磕碗内，加面粉、水和精盐
　 调成糊，将茶树菇裹匀鸡蛋糊。

③ 净锅置火上，加入植物油烧至六
　 成热，下入茶树菇，炸至金黄色，
　 淋入香油，装盘即成。

功 效：健脾清热，平肝止泻。

爱·心·叮咛

● 茶树菇是一种高蛋白、低脂肪、无污染、无药害的纯天然食用菌，味道鲜美，
作主菜、配菜均佳，且有滋阴壮阳、美容保健之功。

蒜蓉麻酱百叶

原 料：水发牛百叶500克，蒜蓉50克，香菜段100克，麻酱100克，陈醋30克，精盐、香油各适量。

制 作：

①将牛百叶洗净，顶刀切薄丝片，入沸水中余透，捞出沥水，倒入大碗中。

②另取一净碗，放入麻酱、陈醋、精盐、香油，加入少量温开水调匀，倒入盛牛百叶片的大碗内，加入蒜蓉、香菜段，搅拌均匀，盛入平盘内即可。

功 效：健脾养胃，益气补血。

爱 心 叮 咛

● 牛百叶性温，味甘，具有补虚、益脾胃的功效，可治病后虚羸、气血不足、消渴、风眩。

小茴香炖猪肚

原 料：小茴香6克，猪肚1只，葱段、
　　　　姜片、精盐、料酒各适量。

制 作：

  ① 猪肚洗净。

  ② 小茴香洗净，装入纱布袋中，扎
　　　紧口，放入猪肚内。

③ 将装有小茴香的猪肚放入炖锅
　　内，加水适量，放入姜片、葱
　　段，置武火上烧沸，再改文火炖
　　煮1小时，加入精盐、料酒调味
　　即成。

功 效：散寒行气，和胃止痛。

爱心叮咛

● 小茴香可用于辅助治疗寒疝、小腹冷痛、肾虚按痛、胃痛、呕吐、脚气症等。

回 锅 肉

原 料：五花肉500克，青红尖椒片、青蒜苗段、笋片各30克，川花椒川红泡椒碎末、十三香料面、植物油、酱油、精盐、葱姜片、红油、淀粉各适量。

制 作：

1. 将五花肉洗净，放入汤锅内煮透，捞出，用清水冲凉，顶刀切大片。

2. 将笋片入沸水中氽出。

3. 锅内加植物油烧热，放入五花肉片煸炒片刻，用勺将肉片拨至锅的一边，放入川花椒、川红泡椒碎末、十三香料面稍炒，再放入葱姜片、青红尖椒片、青蒜苗段、笋片、酱油、精盐调味，翻炒均匀，勾薄芡，淋红油即成。

功 效：益气血，健脾胃，消食积。

爱心叮咛

竹笋属于低脂肪、低糖类、多纤维的蔬菜食品，有促进肠蠕动、帮助消化、去除积食、防止便秘等功效，并且有减肥和防癌的作用。

南瓜大米粥

原　料：南瓜100克，大米150克。

制　作：

① 南瓜去皮，去瓤，洗净切块。

② 大米淘洗干净，清水浸泡1小时。

③ 将大米放入铝锅内，加入南瓜和
适量水，置武火上烧沸，再改文
火炖煮40分钟即成。

功　效：生津止渴，养胃。

● 爱 心 叮 咛

● 此粥对糖尿病肠胃虚弱者尤佳。

● 南瓜性温，味甘，瓜肉有润肺、补中、
益气、止痛、解毒杀虫等功效。

紫苏子粥

原　料：紫苏子10克，大米150克。

制　作：

① 紫苏子洗净。

② 大米淘洗干净，清水浸泡1小时。

③ 将大米、紫苏子放入铝锅内，加
水适量，武火烧沸，改文火煮40
分钟即成。

功　效：暖脾胃，补气血。

● 爱 心 叮 咛

● 此粥对气虚、血虚、胃痛者尤佳。

● 紫苏子有促进消化液分泌、增进胃肠蠕
动的作用。

砂仁大蒜煮猪肚

原　料：猪肚1只，砂仁6克，蒜瓣10粒，
　　　　葱段、姜片、胡椒粉、精盐各
　　　　适量。

制　作：

① 猪肚洗净。砂仁打粉。

② 将葱段、姜片、蒜瓣、砂仁装入
　　猪肚内，用白棉线缝合。

③ 炖锅置武火上，加水适量，放入
　　猪肚，烧沸，打去浮沫，改文火
　　炖煮至猪肚熟透，加入精盐、胡
　　椒粉调味即成。

功　效：温中和胃，消炎止痛。

爱·心·叮·咛

砂仁性温，味辛，具有行气调中、和胃醒脾的功能，可用于腹痛痞胀、胃呆食滞、噎膈呕吐、寒泻冷痢等症。

春韭炒羊肚

原 料：羊小肚400克，春韭200克，植
物油、花椒油、精盐、葱末、姜
末、胡椒粉各适量。

制 作：

① 将羊小肚洗净，切成丝状，入沸
水中焯一下，捞出沥水。

② 春韭择洗干净，切成段。

③ 锅中加植物油，烧至七成热，下
入葱末、姜末烹香，放入羊小肚
丝煸炒，加入春韭段，调入精
盐、胡椒粉，翻炒均匀，淋花椒
油即成。

功 效：滋阴壮阳，健脾益胃。

爱心叮咛

● 羊肚性温，味甘，有补虚、健脾胃的功效，可治虚劳羸瘦、小便频数、不能饮食、
消渴、盗汗等症。

山药烧鹌鹑

原 料：鹌鹑6只，山药300克，青红尖椒丁20克，八角、植物油、白糖、料酒、精盐、淀粉、葱姜末、香油各适量。

制 作：

① 将鹌鹑斩去头、爪，一劈两半，洗净。

② 山药去皮，洗净切片。

③ 锅内放植物油，烧至六成热，下入鹌鹑炸出，控油。

④ 锅留底油少许，放入白糖熬化，待起大泡时，倒入适量开水，放入葱姜末、八角、料酒、精盐调味，再放入山药和炸过的鹌鹑，烧沸，撇去浮沫，改小火煨煮，待汤汁剩下三分之一时，勾芡，撒入青红尖椒丁，淋香油即成。

功 效：补脾健胃，调血理气，润肺利肠。

爱·心·叮咛

● 适用于身体虚弱和慢性肠炎患者。

● 鹌鹑肉性平，味甘，具有补五脏、壮筋骨、止泻痢、消疳积之功效。用于体虚贫血、消化不良、食欲缺乏、头晕眼花、身倦乏力、腹泻、小儿疳积等症。

狗 肉 粥

原　料：狗肉150克，大米200克，葱
　　　　段、姜片、精盐各适量。

制　作：

① 将狗肉洗净，切2厘米见方的小块，入沸水中焯去血水，捞出，沥水。

② 大米淘洗干净，清水浸泡1小时。

③ 煲锅内加入适量清水，下入大米，武火烧沸，加入狗肉块、葱段、姜片，改文火煮至粥稠肉熟烂，调入精盐稍焖即成。

功　效：暖脾胃，补五脏。

爱·心·叮咛

● 此粥对胃寒疼痛者尤佳。

● 狗肉性温，味甘、咸、酸，有安五脏、轻身益气、宜肾补胃、暖腰膝、壮气力、补五劳七伤、补血脉等功效。

砂仁炖肚条

原 料：猪肚1只(约750克)，清汤1000毫升，砂仁粉、胡椒粉各10克，花椒、葱段、姜片、猪油、精盐、味精、淀粉各适量。

制 作：

1. 猪肚洗净，放入沸水中氽透，捞出，刮净内膜。

2. 锅内加入清汤，放入猪肚，下花椒、葱段、姜片，煮沸，打去浮沫，将猪肚捞起，沥干水分，晾凉后切条。

3. 锅内留原汤500毫升烧沸，下入肚条，加砂仁粉、精盐、胡椒粉、猪油、味精调味，用淀粉勾芡即成。

功 效：健脾，和胃，补虚。

爱心叮咛

● 猪肚性温，味甘，具有补虚损、健脾胃的功效，可治虚劳羸弱、泄泻下痢、消渴、小便频数、小儿疳积等症。

酱爆羊百叶

原　料：羊百叶500克，香菜段50克，青红尖椒丝50克，植物油、甜面酱、葱丝、姜丝、酱油、料酒、豆蔻、八角、精盐、胡椒粉各适量。

制　作：

① 羊百叶洗净切丝，入沸水中汆一下，捞出沥水出。

② 锅内加植物油烧热，投入八角、豆蔻、葱丝、姜丝烹香，加入甜面酱略炒，放入青红尖椒丝、羊百叶丝炒匀，加入酱油、料酒、精盐、胡椒粉调味，最后放入香菜段翻炒均匀即成。

功　效：补五脏，利肠胃。

爱心叮咛

● 羊百叶可补胃益气、生肌、解渴耐饥、行水汗。

竹荪鸽蛋汤

原 料：竹荪15克，鸽蛋10个，豆苗、精盐、鸡油、淀粉各适量。

制 作：

① 将竹荪用水泡发洗净，切成条，加淀粉拌匀，30分钟后，用水冲洗干净，沥干水分。

② 豆苗叶洗净。

③ 取汤匙10把，均匀地抹一层鸡油，每汤匙中，磕入1个鸽蛋，上面放2片豆苗叶做点缀，上屉，小火蒸熟，取出鸽蛋泡入温水中，洗掉油质，分装在10个小汤碗中。

④ 锅中加适量清水，上火煮沸，放入竹荪条，用精盐调味，浇在汤碗内即可。

功 效：健脾益胃，助消化，降血压，降血脂。

爱心叮咛

鸽蛋性平，味甘、咸。具有养心补肾、健脾益胃、养血润燥、解疮毒痘毒的作用。

土豆炖排骨

原 料：猪排骨400克，土豆300克，青蒜苗末30克，八角、十三香料面、植物油、料酒、葱姜片、胡椒粉、精盐、花椒油各适量。

制 作：

① 将猪排骨洗净，剁3厘米长的段，入沸水中煮透，捞出控水。

② 土豆去皮，洗净切块。

③ 锅中加植物油烧热，投入葱姜片、八角煸香，下入土豆块、猪排骨稍炒，加入清水和十三香料面、料酒、胡椒粉、精盐调味，大火煮开，改小火炖煮，撇去浮沫，待排骨熟透时，撒入青蒜苗末，淋花椒油即成。

功 效：*益气血，利肠胃，和五脏。*

爱心叮咛

● 土豆中所含膳食纤维细腻柔软而不伤胃，对胃炎、胃溃疡、十二指肠溃疡等患者有良好的食疗效果。

糖醋卷心菜

原 料：卷心菜300克，白砂糖20克，醋
20毫升，精盐、味精、色拉油
各适量。

制 作：

① 卷心菜洗净，切成3厘米见方的
菱形片。

② 炒锅置火上，加入色拉油，烧至
五成热，下入卷心菜、精盐、白
砂糖，快速翻炒至卷心菜断生，
再加味精、醋炒匀，起锅装盘
即可。

功 效：清热解毒，健脾开胃。

爱·心·叮咛 ————

● 此菜清脆可口，健脾开胃，特别适宜于孕妇妊娠早期食欲不振食用。

猪肚炖老龟

原 料：猪肚1只，老龟(留龟板)1只，料
酒15克，葱段、姜片、精盐、
胡椒粉各适量。

制 作：

① 猪肚洗净，切成大块。

② 将老龟宰杀，去内脏、头、尾及
爪，切成块。

③ 将老龟、猪肚、胡椒粉、葱段、
姜片、料酒同放炖锅内，加入适
量鸡汤或清水，置武火上烧沸，
再改文火炖40分钟，加入精盐
调味即成。

功 效：滋阴，补虚，止痛。

爱心叮咛

● 甲鱼肉性平凉，味甘，具有滋阴凉血、益气调中、补虚壮阳等功效。对胃阴亏损
者尤佳。

水煮肉片

原 料: 鲜猪肉300克,嫩卷心菜叶200克,川花椒、泡红椒碎末、植物油、酱油、料酒、精盐、葱姜末、淀粉、清汤各适量。

制 作:

① 将猪肉洗净,切大薄片,放入碗中,加入淀粉抓匀。

② 锅中加植物油烧热,下入卷心菜叶翻炒至八成熟,盛在汤碗内。

③ 锅中加植物油,投入葱姜末、泡红椒碎末稍煸,倒入清汤,加入酱油、料酒和精盐调味,汤沸后撇去浮沫,将猪肉片散开,下入汤锅内,慢慢推匀,待肉片熟后盛入汤碗内。

④ 净锅内加植物油,下花椒,小火炸香,捞出花椒不用,将油浇在汤碗中即成。

功 效: 温中散寒,开胃消食,调养血脉。

爱·心·叮咛

花椒气味芳香,可以除各种肉类腥膻气味,能促进唾液分泌,增加食欲。

姜橘椒鱼羹

原 料：鲜鲫鱼250克，陈皮10克，鲜姜
　　　　30克，胡椒、精盐适量。

制 作：

①　将鲫鱼宰杀，刮鳞去鳃，剖腹去
　　　内脏洗净。

②　姜洗净，切片，与陈皮、胡椒共
　　　装入纱布袋内，填入鱼腹中，加
　　　水适量，武火烧沸，改文火炖
　　　熟，加入精盐调味即成。

功 效：温胃，止痛。

爱·心·叮·咛

● 鲫鱼有健脾利湿、和中开胃、活血通络、温中下气之功效。对脾胃虚弱、水肿、
溃疡、气管炎、哮喘、糖尿病有很好的滋补食疗作用。

茄子烧鹌鹑脯

原　料：鹌鹑脯肉300克，茄子500克，青蒜苗末10克，干红椒丁、川花椒、川红泡椒碎末、陈醋、植物油、料酒、精盐、胡椒粉、淀粉、葱姜蒜片、香油各适量。

制　作：

① 将鹌鹑脯肉切大薄片，放入大碗中，加入淀粉抓匀。

② 茄子洗净去皮、蒂，切成块。

③ 锅内加植物油，烧至五成热，下入浆好的鹌鹑脯肉片划散，捞出控油。随及下入茄子块略炸，捞出控油。

④ 锅留底油少许，下入葱姜蒜片、干红椒丁、川花椒和川红泡椒碎末煸香，放入鹌鹑脯肉片翻炒均匀，加入炸茄子块、陈醋、清水和料酒、精盐、胡椒粉，调好口味，待肉熟烂、茄子块烧透时，用淀粉勾薄芡，淋香油，撒上青蒜苗末即成。

功　效：益气血，补脾胃，健筋骨。

爱·心·叮咛

● 茄子所含的龙葵碱能抑制消化道肿瘤细胞的增殖，特别对胃癌和直肠癌有防治作用。

白胡椒炖猪肚

原　料：猪肚1只，白胡椒15克，姜片、
　　　　葱段、精盐、味精各适量。

制　作：

1　将白胡椒打碎。

2　将猪肚洗净，保持完整，把白胡
　　椒放入猪肚内，用线扎紧猪肚

口，放入炖锅内，加适量水，再
放入姜片、葱段，文火炖熟，加
精盐、味精调味即成。

功　效：*温胃止痛，健脾补虚。*

爱 心 叮 咛

● 胡椒的主要成分是胡椒碱，还含有一定量的芳香油、粗蛋白、淀粉及可溶性氮，
　具有祛腥、解油腻、助消化的作用，其芳香气味能令人们胃口大开，增进食欲。

肉片炒卷心菜

原 料：卷心菜300克，瘦猪肉50克，植物油25克，酱油15克，精盐、白砂糖、葱、姜各适量。

制 作：

1 将葱、姜去皮，洗净切丝。

2 将瘦猪肉洗净，横刀切成薄片。

3 卷心菜洗净去蒂，切成象眼块。

4 炒锅置火上，加入植物油烧热，下葱丝、姜丝炒香，放入肉片，煸炒至断生，加入酱油、白砂糖炒匀，投入卷心菜，调入精盐，急火炒熟即成。

功 效：补中益气，促进溃疡愈和。

爱心叮咛

新鲜的卷心菜中含有植物杀菌素，有抑菌消炎的作用，适用于咽喉疼痛、外伤肿痛、蚊叮虫咬、胃痛、牙痛等症。

图书在版编目（CIP）数据

养胃菜100／品质生活工作室编.—北京：中国画报出版社，2009.12

ISBN 978-7-80220-670-0

I.①养... Ⅱ.①品... Ⅲ.①益胃－菜谱 Ⅳ.①TS972.161

中国版本图书馆CIP数据核字（2009）第233901号

养胃菜100

出 版 人：田　辉

编　　者：品质生活工作室（e-mail:pzsh100@sina.com）

责任编辑：李　刚

出版发行：中国画报出版社（中国北京市海淀区车公庄西路33号，邮编：100048

电　　话：010-88417359（总编室兼传真）010-68469781（发行部）

　　　　　010- 88417417（发行部传真）

网　　址：http://www.zghbcbs.com

电子邮箱：cpph1985@126.com

印　　刷：荣成三星印刷有限公司

监　　印：敖　晔

开　　本：640mm×960mm　　1/16

印　　张：6

版　　次：2010年1月第1版　2010年1月第1次印刷

书　　号：ISBN 978-7-80220-670-0

定　　价：13.80元